Drácula

O PRAZER DE LER

Drácula

Bram Stoker

Texto adaptado da obra original

DISAL EDITORA

Adaptado da obra original *Dracula* por David A. Hill

Tradução: Cristina Yamagami
Produção editorial: Crayon Editorial
Caderno de atividades: Antonio Carlos Olivieri
Assistente editorial: Aline Naomi Sassaki
Impressão e acabamento: Centro de Estudos Vida e Consciência e Editora Ltda., em agosto de 2015

Dados Internacionais de Catalogação na Publicação (CIP)
(Câmara Brasileira do Livro, SP, Brasil)

Stoker, Bram, 1847-1912.
Drácula / Bram Stoker ; [tradução Cristina Yamagami]. - Barueri, SP : DISAL, 2015. - (O prazer de ler)

Título original: Dracula.
"Texto adaptado do original."
ISBN 978-85-7844-181-4

1. Drácula, Conde (Personagem fictício) 2. Ficção irlandesa 3. Vampiros - Ficção I. Título. II. Série.

15-05964 CDD-ir823.9

Índices para catálogo sistemático:
1. Ficção : Literatura irlandesa ir823.9

DISAL EDITORA

Alameda Mamoré 911 - cj. 107
Alphaville - BARUERI - SP
CEP: 06454-040
Tel. / Fax: (11) 4195-2811
Visite nosso site: www.disaleditora.com.br
Televendas: (11) 3226-3111

Fax gratuito: 0800 7707 105/106
E-mail para pedidos: comercialdisal@disal.com.br

Sumário

Sobre o autor

Bram (Abraham) Stoker nasceu em Dublin, Irlanda, em 1847. Seu pai era funcionário público. Stoker passou a infância inteira doente, mas na juventude se destacou nos esportes quando foi para a Faculdade Trinity, em Dublin, onde estudou matemática. Ele tornou-se funcionário do Serviço Civil em 1870, mas sua grande paixão era o teatro, acompanhando com interesse a carreira artística de um dos maiores atores da época, Sir Henry Irving. Em 1878, Irving pediu a Stoker que assumisse o cargo de gerente de negócios do Lyceum Theatre, em Londres. Naquele mesmo ano, Stoker casou-se com Florence Balcombe. O único filho do casal, Irving Noel, nasceu no ano seguinte.

Desde o início de sua carreira, Stoker publicou em jornais e revistas críticas teatrais e alguns contos. Em 1890 publicou seu primeiro romance de horror gótico, *The snake's pass*. Em Londres, ele ficou conhecido nos círculos literários e artísticos e fez amizade com muitos escritores famosos. Também viajou diversas vezes para o exterior acompanhando Sir Irving, ampliando seu círculo de amizades. Stoker ficou verdadeiramente famoso com a publicação de *Drácula*, em 1897, que logo se tornou muito popular.

Quando Irving morreu, em 1905, Stoker escreveu sua biografia. Na mesma época, ele sofreu um AVC, mas se recuperou e continuou a escrever até sua morte, em 1912.

Sobre o livro

A história de *Drácula* (1897) se passa na Transilvânia (Romênia), em Londres, Exeter e Whitby (Inglaterra) e em Varna e Galatz (no Mar Negro). O romance foi escrito no que é conhecido como estilo epistolar: vários personagens contam partes da narrativa por meio de diários, cartas, telegramas, artigos de jornais e diários de bordo.

Na história, Jonathan Harker, um jovem advogado inglês, visita o Conde Drácula em seu castelo, na Transilvânia, para ajudá-lo na compra de um imóvel em Londres. Harker passa por experiências terríveis no castelo e percebe que o Conde e as três mulheres que moram ali são vampiros. Drácula se muda para a Inglaterra e Harker e sua jovem esposa, Mina, se envolvem em uma perseguição de vida ou morte para capturar e deter o vampiro antes que seja tarde demais.

A história é uma clássica aventura de terror, na qual o bem derrota o mal. Também toca no tema da modernidade, muito importante na época. A era vitoriana foi de grandes mudanças e muitas pessoas acreditavam que a sociedade não teria condições de lidar com o progresso. Alguns estudiosos interpretam *Drácula* como uma história de "invasão": a Grã-Bretanha é invadida por um estrangeiro maligno, que espalhará a destruição e transformará as pessoas em vampiros até que alguém o impeça. A história também trata de relacionamentos entre homens e mulheres. Alguns estudiosos sugerem que o personagem de Drácula foi baseado no príncipe Vlad III da Valáquia (atual Romênia). Ele era conhecido como Drácula, que significa "dragão".

Capítulo 1

No qual conhecemos Jonathan Harker, um jovem advogado de Londres, e ficamos sabendo de sua jornada para a Transilvânia, até o castelo do Conde Drácula.

Diário de Jonathan Harker

3 de maio, Bistritz. Passei por Munique, Viena, Budapeste e estou a caminho da Transilvânia. A minha impressão é que saímos do Ocidente e entramos no Oriente. Meu cliente, o Conde Drácula, mora na fronteira entre três países: Transilvânia, Moldávia e Bucovina, no centro dos Montes Cárpatos. Parece ser uma das regiões mais selvagens e desconhecidas da Europa.

Não consegui encontrar um mapa que mostrasse exatamente onde ele mora, mas encontrei Bistritz, uma cidade próxima. Durante a viagem de trem, olhei pela janela e vi pequenas cidades e castelos em morros íngremes, grandes rios e pequenos córregos. A paisagem era bela, mas estranha.

Quando cheguei à hospedaria de Bistritz, havia uma carta esperando por mim:

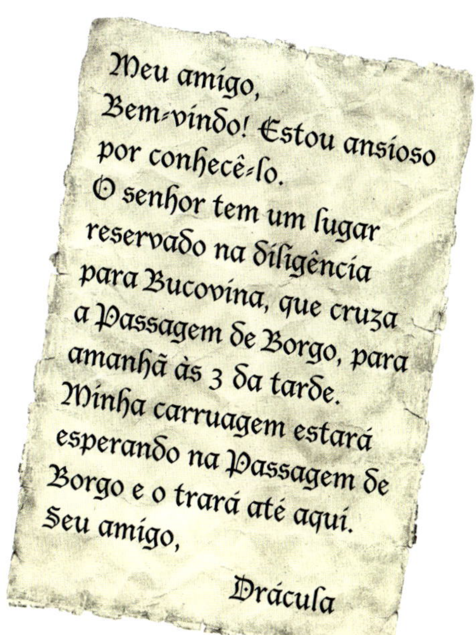
Meu amigo,
Bem-vindo! Estou ansioso por conhecê-lo.
O senhor tem um lugar reservado na diligência para Bucovina, que cruza a Passagem de Borgo, amanhã às 3 da tarde.
Minha carruagem estará esperando na Passagem de Borgo e o trará até aqui.
Seu amigo,

Drácula

4 de maio. Quando estava deixando a hospedaria, perguntei sobre o Conde Drácula, mas o proprietário e sua esposa fizeram o sinal da cruz e se recusaram a falar. A mulher disse:

— O senhor precisa mesmo ir? *Herr* Harker, o senhor deve mesmo ir? — Perguntou-me. — É véspera do Dia de São Jorge... depois da meia-noite, todos os espíritos malignos do mundo serão libertados.

Ela tirou o crucifixo do pescoço e me deu. Fiquei com muito medo.

5 de maio, Castelo. Já embarcado na diligência, ouvi o condutor e a esposa do proprietário da hospedaria dizendo repetidamente algumas palavras que não entendi. Consultei meu dicionário poliglota: "ördög" - satanás, "pokol" - inferno, "stregoica" - bruxa, "vrolok" e "vlkoslak" - lobisomem ou vampiro. (Preciso perguntar ao meu cliente sobre essas coisas.)

Quando a diligência partiu, as pessoas na rua fizeram o sinal da cruz e apontaram dois dedos em minha direção. Um passageiro explicou que era para me proteger do mau-olhado.

Cruzamos rapidamente os Montes Cárpatos. O condutor só parou uma vez, para acender as lamparinas da diligência. Finalmente, a Passagem de Borgo surgiu na nossa frente. Nuvens negras flutuavam acima dela e o ar era pesado e opressivo. A única luz era das nossas lamparinas. A estrada de areia branca se estendia diante de nós, mas nenhuma carruagem esperava por mim. Por fim, o condutor disse:

– Não há carruagem alguma aqui. Vá a Bucovina conosco, *Herr* Harker. O senhor pode voltar amanhã.

No entanto, assim que ele terminou de falar, os cavalos da diligência começaram a relinchar e bufar e, de repente, quatro cavalos, negros como carvão, sugiram ao nosso lado. Eles eram conduzidos por um homem alto, com uma longa barba castanha e um chapéu preto que escondia seu rosto. À luz da lamparina, seus olhos pareciam vermelhos. Seus lábios também eram vermelhos e os dentes, afiados e brancos como o marfim. Ele disse ao condutor:

— Você chegou adiantado esta noite, meu amigo.

Entrei na carruagem e, sem dizer uma palavra, avançamos pela escuridão. Estava frio e cobri meus ombros com um manto e meus joelhos com um cobertor. Eu estava com muito medo. Era quase meia-noite. Ouvi o uivo de lobos vindo das montanhas. Os cavalos tremiam de medo, mas o condutor não se perturbou. De repente esfriou muito, a neve começou a cair e em pouco tempo tudo estava coberto de branco. Os uivos dos lobos se aproximaram.

Então, vi uma fraca chama azul na escuridão. O condutor parou, desceu da carruagem e desapareceu na direção da luz. Os uivos se aproximaram ainda mais e o condutor voltou. Continuamos nossa jornada, mas parecia que estávamos andando em círculos. Foi como um pesadelo.

O condutor descia o tempo todo da carruagem. Na última vez, ele se afastou ainda mais do que antes. Foi quando a lua saiu de trás das nuvens e pude ver o círculo de lobos que nos rodeava, com os dentes brancos e as línguas vermelhas para fora. Gritei pelo condutor, mas em seguida o vi parado na estrada, movendo os braços como se estivesse empurrando algo. Os lobos se afastaram e desapareceram.

Avançamos rapidamente pela escuridão até pararmos diante de um castelo enorme e escuro, em ruínas.

Capítulo 2

No qual Jonathan Harker entra no castelo do Conde Drácula e se informa sobre seu misterioso cliente.

Diário de Jonathan Harker (continuação)

5 de maio. Fiquei parado diante do enorme castelo escuro e esperei. Comecei a ter todo tipo de dúvidas e temores. Que aventura terrível era aquela? É normal um advogado ser enviado a uma terra estranha? E fazer uma viagem tão longa para explicar a um cliente, um estrangeiro, como comprar uma casa em Londres?

Não vi qualquer aldrava ou campainha, mas de repente a enorme porta da frente se abriu. Fui recebido por um homem alto, com um longo bigode e vestido de preto.

— Bem-vindo à minha casa! — Ele disse. — Entre por sua livre e espontânea vontade.

Quando entrei, ele me cumprimentou. A mão dele era fria como a de um cadáver.

— Conde Drácula? —Perguntei.

— Sim, sou eu — ele respondeu. — Seja bem-vindo, senhor Harker. Venha comer e descansar.

Ele carregou a minha bagagem e me guiou por uma escada em caracol; depois, percorreu um corredor de pedra e abriu uma porta pesada. Fiquei encantado ao ver a sala bem iluminada, com a mesa posta para o jantar e uma lareira acesa. Também havia um quarto grande com outra lareira.

— Por favor, sente-se e coma — convidou o Conde. —Peço desculpas por não lhe fazer companhia, mas eu já jantei.

Depois do jantar, conversamos ao lado da lareira e observei sua aparência. Ele tinha o nariz fino, a testa alta e muito cabelo na parte de trás da cabeça. Suas sobrancelhas eram enormes e quase se encontravam sobre o nariz. A boca, debaixo do bigode, parecia um tanto cruel, com estranhos dentes brancos e afiados que se mostravam entre os lábios muito vermelhos. Ele tinha orelhas pontudas e a pele pálida. Suas mãos eram grandes, com dedos longos e unhas compridas e pontiagudas. Estranhamente, a palma de suas mãos era peluda. O Conde se aproximou de mim e suas mãos me tocaram. De repente, comecei a me sentir mal. Por fim, ele disse:

— O senhor deve estar cansado. Durma o quanto quiser. Estarei fora até amanhã à noite.

7 de maio. Dormi até tarde. O café da manhã estava pronto e esperando por mim. Depois de comer, encontrei uma biblioteca cheia de livros em inglês! Comecei a olhar os livros. De repente, vi o Conde.

— Fico feliz que o senhor tenha encontrado minha biblioteca — ele disse. — Esses livros me deram muitas horas de prazer.

— Posso vir à biblioteca quando quiser? — perguntei.

— Certamente — foi a resposta. — O senhor pode ir para onde quiser no castelo, exceto onde as portas estiverem trancadas.

Perguntei sobre as chamas azuis que vi na noite anterior. Ele explicou:

— Algumas pessoas acreditam que a noite passada é a noite na qual espíritos malignos correm soltos e que as chamas azuis brilham onde tesouros estão escondidos. Mas a maioria das pessoas fica em casa, por medo, e os tesouros permanecem onde estão.

Depois da conversa examinamos os documentos da casa de Londres e, como ele queria comprar várias propriedades na Inglaterra, falei sobre uma propriedade grande, porém antiga e isolada, chamada Carfax, que fica ao lado de um hospício.

8 de maio. Achei que estivesse escrevendo detalhes demais neste diário, mas agora acho que relatar os fatos ajuda a impedir que minha imaginação corra solta.

Hoje de manhã pendurei meu espelho de barbear na janela e, enquanto fazia a barba, senti a mão do Conde no meu ombro. Ele disse "bom dia". Dei um pulo, assustado, porque não o vi pelo espelho e acabei cortando o rosto com a navalha. Voltei-me para cumprimentar

o Conde e, quando me virei, notei mais uma vez que não havia reflexo dele no espelho. Fiquei surpreso e comecei a ficar inquieto. Em seguida, os olhos do Conde brilharam ao ver o sangue em meu rosto e ele estendeu a mão na direção da minha garganta. Eu me afastei, a mão dele tocou o crucifixo da esposa do proprietário da hospedaria e sua expressão mudou imediatamente.

— Tenha cuidado para não se cortar. Neste país, é mais perigoso do que o senhor imagina — disse ele.

Em seguida, ele pegou meu espelho de barbear e comentou:

— Esta foi a causa do problema, um instrumento terrível da vaidade humana.

Ele abriu a janela e deixou o espelho se espatifar no pátio. Depois, saiu sem dizer uma palavra.

Tomei o café da manhã sozinho. Ainda não vi o Conde comer ou beber. Por que será? Depois do café da manhã, explorei o castelo e encontrei uma sala com uma magnífica vista para o sul, que se estende por florestas e vales cortados por rios. Percebi que o castelo fica à beira de um terrível precipício, com uma queda de pelo menos 300 metros! Continuei explorando. Havia portas por toda parte, mas estavam todas trancadas. A única maneira de sair é pelas janelas. Sou um prisioneiro!

Capítulo 3

No qual Jonathan Harker percebe que está sozinho no castelo com o Conde e três jovens "mulheres".

Diário de Jonathan Harker (continuação)

Vi o Conde fazendo minha cama, o que me faz pensar que ele não tem criados. Isso me assusta, porque significa que foi ele quem conduziu a carruagem na noite da minha chegada e quem controlou os lobos.

12 de maio. Ontem à noite, o Conde me fez perguntas sobre questões legais na Inglaterra: ele poderia ter dois ou mais procuradores em diferentes regiões do país?

— Certamente — eu respondi. — Quem prefere que uma só pessoa não saiba de todos os seus negócios, em geral tem vários procuradores.

De repente, ele perguntou:

— O senhor escreveu para seu empregador, o senhor Hawkins, em Exeter, ou para qualquer outra pessoa desde que chegou?

— Não — respondi. — Não sei como posso enviar cartas.

— Então escreva — disse ele. — Diga que o senhor passará um mês aqui.

— O senhor deseja que eu fique aqui por tanto tempo? — perguntei, com o coração gelado.

— Sim — foi a resposta. — E, por favor, escreva apenas sobre negócios.

Percebi que ele queria ler as correspondências antes de remetê-las, de modo que escrevi cartas formais ao senhor Hawkins e à minha querida namorada, Mina. O Conde também escreveu várias cartas e saiu da sala. Vi que as cartas eram para alguém em Whitby, no nordeste da Inglaterra, outra para um alemão em Varna, na Bulgária, e a última para um banco em Londres. Ao retornar, ele disse:

— Tenho de trabalhar esta noite. Devo adverti-lo para não adormecer em outras partes do castelo. Volte depressa para cá, onde o senhor estará em segurança.

Mais tarde. Subi até a sala com a vista para o sul. Eu me sentia um prisioneiro. O luar brilhava claro como o dia. Inclinei-me para fora da janela e vi o Conde saindo pela janela de um andar inferior e descendo, rastejando pela parede do castelo. Ele se movia com grande velocidade, como um lagarto. Senti um medo terrível.

15 de maio. Vi o Conde sair como um lagarto novamente. Explorei o castelo até que entrei em outra sala, empurrando a porta com força. O luar entrava pelas janelas e enchia a sala. Senti-me à vontade lá, de modo que me sentei a uma pequena mesa e escrevi este diário.

16 de maio. Na noite passada, voltei àquela sala. Depois de escrever meu diário, comecei a ficar sonolento. Lembrei-me da advertência do Conde, mas decidi dormir ali mesmo. Deitei-me num velho sofá e admirei pela janela a paisagem iluminada pelo luar.

Devo ter adormecido, mas temo que minha visão foi real. Vi três jovens mulheres iluminadas pela lua, mas elas não faziam sombra. Duas tinham cabelos castanhos, parecidos com os do Conde, e a outra tinha olhos azuis e cabelos dourados e ondulados. As três tinham dentes brancos brilhantes e lábios muito vermelhos. Fiquei com medo, mas quis beijá-las. Elas sussurravam e riam de um modo estranho e desumano. As duas mulheres de cabelos castanhos disseram para a outra:

— Vá em frente! Você é a primeira. Ele é jovem e forte; tem beijos para todas nós.

Fiquei deitado, vendo com os olhos entreabertos a jovem loira se debruçar sobre mim. Senti sua respiração. Ela lambeu os lábios como um animal e senti seus dois dentes afiados pressionando a pele do meu pescoço.

Naquele momento, notei a presença do Conde. Em uma fúria terrível, ele agarrou a mulher. Seus olhos vermelhos ardiam de raiva. Ele

a jogou para o outro lado da sala e fez um gesto para as outras duas. Foi o mesmo gesto que ele usou para controlar os lobos na noite da minha chegada. Sua voz era apenas um sussurro, mas reverberou pela sala.

— Como ousam tocá-lo quando eu as proibi? Ele pertence a mim. Mas prometo que, quando eu terminar com ele, vocês poderão beijá-lo o quanto quiserem. Agora saiam daqui!

— Não trouxe nada para nós esta noite? — perguntou uma delas, apontando para um saco que ele tinha jogado no chão. O saco se mexia, como se tivesse algo vivo dentro. Ele fez um sinal positivo com a cabeça. Uma das mulheres saltou sobre o saco e o abriu. Ouvi um choro de criança. Em seguida, elas pegaram o horrível saco e desapareceram com os raios do luar, saindo pela janela. O horror me venceu e perdi a consciência.

Capítulo 4

No qual Jonathan Harker chega à conclusão de que o Conde Drácula definitivamente não é humano e que tem muitas razões para temê-lo.

Diário de Jonathan Harker (continuação)

Acordei na minha cama. Acho que o Conde me carregou até aqui.

18 de maio. Fui ver aquela sala à luz do dia, mas a porta estava trancada. Temo não ter sido um sonho.

17 de junho. Duas grandes carroças puxadas por cavalos, transportando várias caixas de madeira grandes e vazias, entraram no pátio com alguns ciganos. Os ciganos descarregaram as caixas e partiram.

24 de junho. Ontem à noite, voltei a observar o Conde. Os ciganos estão trabalhando em algum lugar, pois consigo ouvir o som de pás. Mais tarde, vi o Conde sair por sua janela. Enquanto esperava seu retorno, notei alguns pontinhos, muito bonitos, flutuando ao luar. Eles dançaram na minha frente, quase me hipnotizando, até que se transformaram nas três mulheres da noite anterior. Gritei e voltei correndo para o meu quarto.

De repente, ouvi uma mulher chorando no pátio. Abri a janela e ela gritou para mim:

— Monstro, devolva meu bebê!

Em seguida, ela bateu violentamente na grande porta da frente.

Ouvi o Conde chamando os lobos, que responderam com seus uivos. Uma matilha de lobos entrou correndo no pátio. Os gritos da mulher cessaram e os lobos partiram, lambendo os beiços. Como poderei escapar deste terrível pesadelo?

25 de junho, manhã. Percebi que sempre estive em perigo e agora, quando chega a noite, tenho medo. Nunca vi o Conde à luz do dia. Talvez ele durma quando estamos acordados. Decidi tentar entrar no quarto dele. Tentarei entrar pela janela. Se eu falhar, adeus, minha querida Mina.

Mesmo dia, mais tarde. Consegui voltar em segurança! Tirei as botas e escalei as grandes pedras acidentadas. O quarto do Conde estava vazio, exceto por móveis empoeirados e uma pilha de moedas de ouro. Havia uma porta em um canto que dava para uma escadaria escura em caracol. Descendo a escadaria, abri outra porta que dava para uma capela em ruínas, que era usada como um cemitério. As caixas de madeira de ontem estavam no chão. O Conde estava deitado dentro de uma delas. Ele estava morto ou dormindo. Seus olhos não tinham vida, sua face estava corada e, embora seus lábios ainda estivessem vermelhos, ele não respirava e seu coração não batia. Eu queria revirar suas roupas para procurar as chaves, mas seus olhos mortos pareciam tão cheios de ódio que resolvi sair de lá.

29 de junho. Hoje de manhã, o Conde disse:

— Amanhã, meu amigo, devemos nos despedir. O senhor voltará para a Inglaterra e eu ficarei para concluir alguns trabalhos, de modo que talvez jamais nos vejamos novamente. Os ciganos ainda têm trabalho a fazer e as carroças voltarão. Minha carruagem o levará à Passagem de Borgo, onde o senhor tomará a diligência para Bistritz.

Eu perguntei, desconfiado:

— Por que não posso partir esta noite?

— Porque o meu cocheiro e os cavalos estão fora, a negócios.

— Mas eu posso ir a pé.

— Não fique aqui nem uma hora a mais contra a sua vontade, meu amigo — disse ele, com um sorriso suave.

Desci as escadas atrás do Conde, mas, quando ele abriu a porta da frente, os lobos uivaram alto e com fúria. Eu sabia que não poderia ir contra a vontade dele. Com "amigos" como esses, era melhor não fazer nada para contrariá-lo.

— Feche a porta! Esperarei até de manhã — eu gritei.

Ele fechou a porta. Em silêncio, fui para o meu quarto. O Conde Drácula fez um gesto com as mãos, como se me mandasse um beijo; seus olhos vermelhos brilhavam em sinal de triunfo.

30 de junho, de manhã. Assim que amanheceu, me senti seguro. Corri pelo corredor até a porta da frente, mas estava trancada. Eu precisava, desesperadamente, pegar a chave. Sem pensar, voltei para meu quarto, saí pela janela e entrei no quarto do Conde. Lá, abri a porta e desci à antiga capela. O caixão do Conde estava no mesmo lugar. A tampa estava pregada. Eu sabia que precisava procurar as chaves nas roupas do Conde. Tirei a tampa e a deixei apoiada na parede.

O Conde parecia muito mais jovem. Seus cabelos e bigode estavam mais escuros, só um pouco grisalhos, e os lábios estavam mais vermelhos do que antes. Não consegui encontrar as chaves. A ideia de que eu o estava ajudando a ir a Londres para passar anos se alimentando do sangue das pessoas me enfurecia. Eu queria matá-lo. Peguei uma pá e bati naquele rosto odioso. No entanto, assim que fiz isso, sua cabeça se virou e seus olhos horrendos me encararam. A pá virou na minha mão e acertei a testa dele. Nesse momento, a tampa caiu sobre o caixão e o escondeu da minha vista.

Foi então que ouvi o som de carroças e vozes. Os ciganos estavam chegando. Voltei correndo ao quarto do Conde, planejando escapar quando a porta fosse aberta. Mas ninguém entrou. Escutei uma porta abrir e o movimento de pessoas. Quando o ruído de vozes e passos se distanciou, voltei à capela, na esperança de encontrar uma nova saída. Mas um vento súbito soprou, a porta da escada se fechou e não consegui mais abri-la. Eu era um prisioneiro novamente.

Ao escrever estas palavras, posso ouvir o som dos ciganos carregando as caixas e martelando pregos no caixão de Drácula. Ouço vozes e passos. Uma porta é trancada a chave. Outra porta é aberta, fechada e trancada a chave. Ouço no pátio carroças e pessoas se distanciando.

Estou sozinho com aquelas mulheres horrendas. Mas não ficarei aqui. Subirei pela parede do castelo, levando um pouco de ouro comigo. Encontrarei uma maneira de sair deste lugar arrepiante!

Capítulo 5

Carta da senhorita Mina Murray à senhorita Lucy Westenra

9 de maio.

Querida Lucy,

Perdoe-me a demora em escrever, mas a vida de uma professora não é fácil. Não vejo a hora de vê-la, minha querida amiga, e para podermos conversar livremente.

Estou treinando taquigrafia para ajudar Jonathan. Quando nos casarmos, vou ajudá-lo em seu trabalho. Também estou praticando o uso da máquina de escrever.

Às vezes trocamos cartas taquigrafadas e ele está taquigrafando um diário, na Transilvânia. Também vou escrever um diário, quando for visitá-la.

Acabei de receber uma breve carta de Jonathan, vinda da Transilvânia. Ele está bem e ficará lá por cerca de uma semana. Não vejo a hora de ouvir tudo o que ele tem para contar. Deve ser interessante conhecer países estranhos. Soou o toque das dez horas. Até mais.

Afetuosamente,

Mina

Capítulo 6

Diário de Mina Murray

24 de julho, Whitby. Lucy foi me pegar na estação e fomos de carruagem à pousada onde ela e sua mãe estão hospedadas. Whitby é adorável, com as imensas ruínas da abadia e a igreja paroquial, ambas em uma colina com vista para a cidade. Estou sentada no cemitério da igreja e daqui posso ver a cidade, o porto e até o mar. Lucy me contou sobre Arthur Holmwood, filho único do Lorde Godalming, e disse que ele está para se casar. Aquilo me entristeceu, já que faz um mês que não recebo notícias de Jonathan!

26 de julho. O senhor Hawkins me encaminhou uma carta bem curta de Jonathan.

A carta era muito formal, mas dizia que ele estava voltando para casa. Tem algo errado, eu posso sentir. Também estou preocupada com Lucy, que voltou a andar durante o sono. A mãe dela e eu decidimos que eu deveria trancar a porta do quarto toda noite.

3 de agosto. Mais uma semana se passou e nenhuma notícia de Jonathan. Espero que ele não esteja doente. Todas as noites sou despertada por Lucy andando pelo quarto. Ela tenta abrir porta e, ao encontrá-la trancada, se põe a procurar a chave.

6 de agosto. Mais três dias e nenhuma notícia. Eu gostaria de saber para qual endereço escrever, mas ninguém tem notícias de Jonathan desde a última carta.

Capítulo 7

Notícia recortada do jornal Folha de Whitby

8 de agosto, Whitby.

Uma das maiores tempestades já registradas atingiu Whitby subitamente na noite passada. Um ruído estranho foi ouvido em torno da meia-noite, o mar rugiu, o vento soprou com força e um nevoeiro vindo do oceano cobriu a cidade. Houve relâmpagos e um forte trovão que a tudo abalou.

Os barcos de pesca que voltavam do mar foram ajudados pelo novo farol construído no alto do penhasco, que os guiou em segurança para o porto. De repente, o nevoeiro desapareceu e uma escuna foi vista chegando ao porto. Havia um homem morto amarrado ao leme. Quando o navio bateu em um banco de areia, um cão enorme apareceu no convés, saltou da embarcação e correu morro acima, na direção do cemitério.

O nome da escuna é *Dêmetra*. Ela partiu de Varna, no Mar Negro, para a costa inglesa. Transportava caixas de madeira cheias de terra. Um advogado de Whitby, o senhor S. F. Billington, se apropriou formalmente das caixas.

O diário de bordo do *Dêmetra* foi encontrado e, pelo que parece, algumas coisas estranhas e terríveis aconteceram no navio. Primeiro, a tripulação notou a presença de um homem alto e magro. Em seguida, todos que estavam a bordo foram desaparecendo, um a um, até sobrar somente o capitão. Era ele o homem encontrado morto e amarrado ao leme, com um crucifixo na mão.

Capítulo 8

Diário de Mina Murray

8 de agosto. Lucy passou a noite inteira agitada. A tempestade foi assustadora. Ela se levantou e se vestiu duas vezes, mas eu a pus de volta na cama. De manhã, descemos até o porto para ver os estragos da tempestade. O mar ainda estava muito escuro e perigoso.

11 de agosto, 3 da madrugada. A cama de Lucy estava vazia. Saí rapidamente para procurá-la e a avistei no despenhadeiro, usando apenas a camisola, sentada em nosso banco favorito. Fui correndo sem parar até chegar lá. No topo do despenhadeiro, vi um vulto longo, negro, com o rosto pálido e olhos vermelhos e brilhantes curvado sobre Lucy. Quando cheguei lá, ela estava sozinha e respirava com dificuldade. Cobri seus ombros com meu xale e o prendi em seu pescoço com um broche para mantê-la aquecida. Depois eu a acordei e a ajudei a voltar para casa.

Mesmo dia, ao meio-dia. Lucy parece bem melhor. Notei que, infelizmente, o meu broche deve tê-la machucado, porque há duas pequenas marcas vermelhas em seu pescoço.

12 de agosto. Acordei duas vezes com Lucy tentando sair.

13 de agosto. Acordei no meio da noite. Lucy apontava para um grande morcego que se aproximava, voando.

14 de agosto. Passamos o dia em nosso banco. No caminho para casa, paramos para ver o pôr do sol. Lucy murmurou:

— Os olhos vermelhos... São exatamente assim... — Ela olhava na direção do nosso banco, onde um vulto escuro, com grandes olhos ardentes, estava sentado.

Lucy foi para a cama cedo. Saí um pouco para caminhar, pensando em Jonathan. Ao voltar, vi Lucy inclinada para fora da janela. Algo que parecia um grande pássaro estava pousado a seu lado. Corri para o quarto, mas Lucy já voltara para a cama, em sono profundo. Ela pôs as mãos na garganta e parecia mais cansada e pálida do que o normal.

17 de agosto. A mãe de Lucy me contou que tem uma doença no coração e que pode morrer em pouco tempo. Lucy não sabe disso. Não tenho notícias de Jonathan, e Lucy parece cada vez mais fraca. Mantenho a chave do nosso quarto amarrada em meu pulso. À noite, ela sai da cama e se senta ao lado da janela aberta. Examinei as alfinetadas em seu pescoço e vi que as feridas estavam maiores.

Carta de Samuel F. Billington & Filho, Advogados, Whitby, a Carter, Paterson & Cia., Londres

17 de agosto.
Prezados senhores,

Anexa está a fatura referente aos bens mandados pela Ferrovia Great Northern à Estação King's Cross, a serem enviados imediatamente a Carfax, nas cercanias de Purfleet, assim que chegarem amanhã. Inclusas os senhores também encontrarão as chaves da casa. Pedimos a gentileza de colocarem as cinquenta caixas na capela, marcada com um "A" no mapa anexo. Por favor, deixem as chaves no salão ao sair.

Atenciosamente,
Samuel F. Billington e Filho

Diário de Mina Murray

18 de agosto. Lucy está muito melhor. Perguntei a ela sobre aquela noite no banco. Ela disse:

— Não foi bem um sonho, parecia tão real. Eu queria ir ao banco, mas não sabia por quê. Estava com medo. Eu me lembro vagamente de algo escuro, com olhos vermelhos, como os que vi ao pôr do sol, e uma presença muito doce e amarga ao meu redor.

19 de agosto. Que alegria! Finalmente recebi notícias de Jonathan. Meu querido esteve doente. O senhor Hawkins encaminhou uma carta. Partirei hoje de manhã para ajudar a cuidar de Jonathan e trazê-lo para casa.

Carta de Irmã Agatha, Hospital São José e Santa Maria, Budapeste, para a senhorita Wilhelmina Murray

12 de agosto.

Prezada madame,

Escrevo a pedido de Jonathan Harker, que não tem forças para escrever. Ele esteve internado aqui por seis semanas, sofrendo de uma febre violenta. Ele lhe envia seu amor. Ele precisa descansar mais. Por favor, traga dinheiro para pagar pela internação.

Atenciosamente, com simpatia e bênçãos,

Irmã Agatha

P.S.: Meu paciente está dormindo. Abri a carta para escrever um pouco mais. Ele teve um choque terrível e, em seus delírios, fala de lobos, sangue, fantasmas e demônios. Eu queria ter escrito antes, mas não sabia nada a respeito dele. Ele está melhorando e, em algumas semanas, estará recuperado.

Capítulo 9

Carta de Mina Harker a Lucy Westenra

24 de agosto, Budapeste

Minha querida Lucy,

Estou em Budapeste. Jonathan está muito pálido e fraco. Ele teve um choque terrível e não se lembra do que aconteceu. Mas ele pediu que eu guardasse seu diário. Seu segredo está lá dentro. Ele disse que eu posso ler, se quiser, mas não devo contar a ele o que li sem ter uma boa razão. O diário está guardado em um lugar seguro.

Lucy, nos casamos hoje no hospital, de forma que Jonathan agora é meu marido.

Com eterno carinho,

Mina Harker

Diário de Lucy Westenra

24 de agosto, Hillingham. Preciso fazer como Mina e escrever o que me acontece. Ontem à noite eu sonhei de novo. Pode ser porque eu voltei para casa, em Hillingham. Estou com medo, fraca e exausta.

25 de agosto. Outra noite ruim. Acordei à meia-noite com alguma coisa arranhando a janela. Tive mais pesadelos. Estou terrivelmente fraca. Meu rosto está muito pálido e minha garganta dói. Mamãe também não está muito bem.

Carta de Arthur Holmwood a seu amigo, o doutor Seward

31 de agosto, Hotel Albemarle.
Caro John,

Preciso de ajuda. Lucy está doente. Ela está com uma aparência terrível e piora a cada dia que passa. Ela concordou em vê-lo. Vá a Hillingham amanhã, na hora do almoço, e examine-a. Estou muito nervoso e quero conversar com você a sós assim que você a examinar.

Arthur

Carta do doutor Seward a Arthur Holmwood

2 de setembro, Hospício Purfleet.
Meu caro amigo,

Uma pena você ter de visitar seu pai justamente quando eu estava em Hillingham. Espero que ele esteja melhor. Não consegui encontrar qualquer causa física para os problemas de Lucy. Ela parece estar anêmica, mas sem os sinais comuns dos pacientes anêmicos. Deve ser algo mental. Ela se queixa de dificuldade para respirar, sono pesado e sonhos que a assustam, mas dos quais ela não se lembra.

Pedi a meu velho amigo e professor universitário, o Professor Van Helsing, para vir de Amsterdã. Ele tem muita experiência com doenças obscuras como a dela.

Seu amigo,
John Seward

Carta do doutor Seward a Arthur Holmwood

3 de setembro, Hospício Purfleet.
Meu caro Arthur,

Van Helsing fez um exame meticuloso e concluiu que não há qualquer causa física para a doença de Lucy. Há perda de sangue, mas sem anemia. No entanto, tudo tem uma causa. Ele voltou para Amsterdã mas quer continuar acompanhando o caso. Devemos enviar-lhe um telegrama todos os dias e ele voltará se necessário.

Seu amigo,
John Seward

Telegrama do doutor Seward, de Purfleet, Londres, a Van Helsing, Amsterdã

6 de setembro. Piora terrível. Venha imediatamente.

Capítulo 10

Diário do doutor Seward

7 de setembro. Em Hillingham, Van Helsing examinou Lucy e disse:

— Ela vai morrer por falta de sangue! Ela precisa de uma transfusão imediatamente.

Arthur estava lá e concordou em doar seu sangue. Em pouco tempo a vida voltou ao rosto de Lucy, enquanto o de Arthur ficava cada vez mais pálido. Depois, quando Van Helsing foi ajeitar o travesseiro, a faixa de veludo negro ao redor do pescoço de Lucy saiu do lugar e eu vi dois buracos na veia jugular. Eles não eram grandes, mas tinham um aspecto desagradável.

— Devo voltar a Amsterdã hoje à noite — Van Helsing anunciou. — Preciso pegar alguns livros e objetos. Não tire os olhos dela. Você não deve dormir a noite toda. Volto assim que possível.

9 de setembro. Passei duas noites acordado cuidando de Lucy. Quando cheguei a Hillingham hoje à noite, estava exausto. Lucy fez a cama para mim num sofá, em um cômodo ao lado de seu quarto, e deixou as portas abertas. Caí no sono imediatamente.

10 de setembro. Acordei com a mão do Professor no meu ombro.

— Como vai a nossa paciente? — Ele perguntou.

— Ela estava bem da última vez que a vi — eu respondi.

No entanto, quando fomos vê-la, Lucy estava mais pálida do que nunca.

— Precisamos recomeçar — ele disse. — Você vai precisar doar seu sangue.

Começamos a transfusão imediatamente. Paramos quando a cor começou a voltar ao rosto e aos lábios dela.

— Vá para casa se recuperar — instruiu o Professor. — Ficarei com Lucy esta noite. Devo vigiá-la sem que ninguém saiba. Tenho sérias razões para isso.

11 de setembro. Eu já havia voltado a Hillingham quando um pacote de flores de alho chegou para o Professor. Ele fechou bem as janelas do quarto de Lucy e esfregou o alho na moldura das janelas e ao redor da porta. Depois, fez um colar de flores de alho e o pendurou no pescoço de Lucy. Quando Lucy foi se deitar, ele amarrou bem o colar de alho e disse:

— Tome cuidado para não tirar o colar e não abra as janelas nem a porta.

Lucy concordou e ele saiu do quarto.

Capítulo 11

Diário do doutor Seward

13 de setembro. Em Hillingham, Van Helsing e eu conversamos com a senhora Westenra, que disse:

— Fiquei preocupada com Lucy ontem à noite, então tirei aquelas flores malcheirosas do pescoço dela e abri a janela para ela respirar um pouco de ar fresco.

O Professor ficou muito preocupado.

— Como eu esperava — ele murmurou quando entramos no quarto e vimos Lucy muito pálida. — Sei que você tem uma cirurgia hoje, então eu doarei o sangue para a transfusão.

Mais tarde, ele disse à senhora Westenra que as flores faziam parte do tratamento e que não podiam ser retiradas. Ele mesmo vigiou Lucy à noite.

Diário de Lucy Westenra

17 de setembro. Estou recuperando as forças. Meus pesadelos se foram. O bater de asas na janela e as vozes me mandando fazer coisas que não consigo lembrar também cessaram.

Noite. Hoje à noite fui me deitar tomando cuidado para deixar as flores no lugar. Acordei com um morcego batendo as asas contra a janela. Mamãe veio se deitar comigo. As batidas de asas na janela continuaram, o vidro se quebrou e um vento forte entrou. A cabeça de um grande lobo cinzento apareceu na janela. Mamãe gritou de susto, sentou-se, arrancou as flores do meu pescoço e, em seguida, desmaiou. Vários pontinhos, como uma coluna de poeira, entraram com o vento pela vidraça quebrada, circulando pelo quarto. Tentei me mover, mas não consegui.

Sozinha com os mortos! Sim! Minha mãe está morta! Não ouso sair. O ar parece cheio de pontinhos, flutuando e circulando com o vento que entra pela janela.

Capítulo 12

Diário do doutor Seward

18 de setembro. O telegrama de Van Helsing, pedindo-me para vigiar Lucy ontem à noite, chegou 22 horas atrasado! Corri para Hillingham às dez horas da manhã, mas ninguém atendeu a porta. Van Helsing chegou e expliquei a situação.

— Temo que seja tarde demais — ele disse.

Entramos pela janela da cozinha. No quarto de Lucy, ela e a senhora Westenra estavam na cama. Lucy estava pálida, com uma expressão de terror no rosto. Em seu pescoço haviam duas pequenas feridas. Van Helsing ouviu o peito de Lucy e esfregou um pouco de conhaque nos lábios, gengivas, pulsos e palmas das mãos da jovem.

Quincey Morris, um amigo de Arthur, chegou.

Arthur estava cuidando do pai doente e havia enviado o amigo para saber notícias de Lucy. Ele imediatamente concordou em doar sangue para salvá-la.

Depois, encontrei Van Helsing lendo o diário de Lucy. Ele me entregou o diário.

— O que significa tudo isso? — Perguntei.

— Você vai entender depois — ele respondeu.

19 de setembro. Lucy parecia mais fraca a cada vez que acordava. Percebemos que seus dentes estavam ficando mais compridos e pontiagudos. À tarde, enviamos um telegrama chamando Arthur. Ela se animou um pouco quando ele chegou.

20 de setembro. Vigiei Lucy ontem à noite. Pusemos alho ao redor das janelas e portas e a coroa de flores em volta de seu pescoço. Vi um grande morcego circulando e batendo as asas contra a janela.

Às seis da manhã, Van Helsing chegou e examinou Lucy. Quando ele retirou as flores, as feridas no pescoço dela tinham sumido.

– Ela está morrendo – disse ele. – Vá acordar Arthur!

Arthur entrou no quarto e sentou-se ao lado da cama, segurando a mão de Lucy. Ela disse com uma voz suave, sensual:

– Arthur, meu amor, beije-me!

Van Helsing imediatamente se levantou e afastou Arthur para o outro lado do quarto.

– Isso lhe custaria sua vida! – Ele exclamou. – Isso lhe custaria a alma de vocês dois!

Um olhar de fúria surgiu no rosto de Lucy, que mostrou seus dentes afiados.

Então seus olhos se fecharam e a respiração ficou difícil até parar.

– Ela está morta – anunciou Van Helsing.

Levei Arthur para a sala de estar, onde ele ficou sentado, chorando. Voltei para o quarto de Lucy.

– Finalmente ela vai poder descansar em paz – eu disse. – É o fim.

– Não – disse Van Helsing. – Temo que este seja apenas o começo.

Quando perguntei o que ele queria dizer, o médico balançou a cabeça e respondeu:

– Espere e verá.

Capítulo 13

Diário do doutor Seward

Preparamos o funeral de Lucy no dia seguinte. Van Helsing encontrou várias cartas e o diário no quarto da moça e os pegou. Antes de dormir, Van Helsing e eu voltamos ao quarto de Lucy. Ela estava deitada com o lençol cobrindo todo o corpo e cercada de flores brancas e de velas. Van Helsing retirou gentilmente o lençol para descobrir o seu rosto e nos espantamos com a beleza dela. O médico pegou algumas flores de alho, espalhou em torno do corpo de Lucy e colocou um pequeno crucifixo de ouro em sua boca.

— Amanhã — ele disse —, quero cortar a cabeça e tirar o coração dela. Não podemos fazer isso esta noite, porque Arthur vai querer vê-la. Depois, quando ela estiver no caixão, faremos a operação para que ninguém saiba.

— Mas para que fazer tudo isso? — Perguntei.

— John — ele respondeu —, confie e mim. Há coisas desagradáveis que você não sabe; teremos dias estranhos e terríveis pela frente.

Apertei a mão de Van Helsing e disse que confiava nele.

No dia seguinte, o médico entrou no meu quarto logo cedo.

— Não se preocupe com a operação — disse ele. — É tarde demais. O pequeno crucifixo foi roubado por um dos criados. Agora só nos resta esperar.

Mais tarde, Arthur chegou para se despedir de Lucy, cujo corpo foi colocado no caixão. Van Helsing passou a noite inteira vigiando o caixão de Lucy.

Diário de Mina Harker

22 de setembro, trem para Exeter. Hoje fomos ao centro de Londres e passeamos pela Rua Piccadilly. Jonathan e eu estávamos de braços dados. Eu admirava uma linda menina sentada em uma carruagem, quando senti Jonathan agarrar meu braço com força. Olhei para ele e vi que estava muito pálido. Seus olhos estavam fixados em um homem alto, magro, com nariz comprido e bigode e barba pretos. O homem também estava olhando para a menina e não nos notou. Observei seu rosto com atenção. Ele tinha um rosto duro, cruel, lábios muito vermelhos e dentes grandes e brancos.

– Sabe quem é? – Perguntou Jonathan.

– Não, querido – respondi. – Eu não o conheço. Quem é?

– É o Conde! – Ele exclamou. – Mas ele está mais jovem.

Jonathan ficou muito aflito. O homem se afastou e fomos nos sentar no Parque Green. Fazia calor e encontramos um banco confortável à sombra. Depois de alguns minutos, os olhos de Jonathan se fecharam e ele caiu no sono, com a cabeça em meu ombro. Quando acordou, ele não se lembrava mais do homem estranho e pegamos o trem de volta para Exeter.

À noite, um telegrama de Van Helsing nos informou do falecimento da senhora Westenra e de Lucy.

Diário do doutor Seward

22 de setembro. Lucy foi enterrada em Hampstead, perto de Hillingham. Arthur voltou para casa com o amigo, Quincey Morris. Van Helsing foi para Amsterdã, mas voltará amanhã. Ele diz que tem trabalho a fazer em Londres. Ele poderá ficar em minha casa quando voltar.

Recorte da **Gazeta de Westminster,** *25 de setembro*

UM MISTÉRIO EM HAMPSTEAD

Nos últimos dias, várias crianças da região que foram brincar na charneca de Hampstead demoraram para voltar para casa.
Isso tem acontecido no ínicio da noite e algumas crianças só foram reencontradas na manhã seguinte ao seu desaparecimento.
Todas as crianças que passaram por esta situação apresentam feridas no pescoço, talvez feitas por um rato ou por um cão de pequeno porte.
As crianças relataram que uma "bela dama" as convidou para dar um passeio com ela e nada mais. A polícia está alerta em toda a região.

Capítulo 14

Diário de Mina Harker

24 de setembro. Quando voltei para casa, em Exeter, li o diário de Jonathan. Que horror! Seria verdade ou só imaginação? Em Piccadilly, ele parecia certo de ter reconhecido o homem de cabelos escuros e escreveu no diário que o terrível Conde estava em Londres. Comecei a fazer uma cópia datilografada de seus escritos.

Carta de Van Helsing à senhora Harker

Prezada madame,

Arthur me deu permissão para ler o diário de Lucy. Como vocês eram boas amigas, eu gostaria de poder visitá-la para conversar sobre certos assuntos. Seria possível?

Van Helsing

Telegrama da senhora Harker a Van Helsing

25 de setembro. Venha hoje, no horário que quiser. Mina Harker

Diário de Mina Harker

25 de setembro. Antes de Van Helsing chegar, fiz uma cópia datilografada do meu diário. Quando ele me perguntou sobre Lucy, dei a cópia para ele ler.

Depois da leitura, ele disse:

— Madame Mina, isso me ajuda muito!

Então perguntou sobre Jonathan.

— Ele estava quase recuperado — contei. — Mas, em Londres, um homem na rua o lembrou das coisas terríveis que causaram sua febre.

— Ficarei em Exeter esta noite — ele disse. — Quero pensar sobre tudo isso. Agora me conte sobre o que perturba seu marido.

Entreguei a ele, então, a versão datilografada do diário de Jonathan. Combinamos de nos comunicarmos assim que ele terminasse a leitura.

Carta de Van Helsing à senhora Harker

25 de setembro, seis horas da manhã.
Prezada madame Mina,

Iniciei a leitura do diário de seu marido logo que cheguei ao hotel. Não tenha dúvida. Por estranho e terrível que pareça, é tudo verdade! Terei muito o que perguntar a ele quando encontrá-lo.

Com os melhores cumprimentos,

Abraham Van Helsing

Diário de Jonathan Harker

26 de setembro. Já sei que Van Helsing encontrou com Mina e que ele acredita na minha história. Sabendo disso, não tenho mais medo, nem mesmo do Conde! Ele está em Londres. Eu o vi. E o médico vai caçá-lo e expulsá-lo. Quando nos encontramos, Van Helsing disse:

— Uma grande tarefa me aguarda e preciso de informações. Por favor, me conte tudo o que aconteceu com o senhor.

Hoje de manhã, eu o levei à estação e ele comprou o jornal. De repente, o médico leu algo na *Gazeta de Westminster* e seu rosto empalideceu. Ele leu com atenção e disse para si mesmo:

— Meu Deus! Já está acontecendo!

Diário do doutor Seward

26 de setembro. Van Helsing voltou a Londres hoje de manhã.

— O que acha disto? — ele perguntou, me estendendo o jornal.

Li a notícia sobre crianças que somem e são encontradas com pequenas feridas no pescoço.

— É como a pobre Lucy — eu disse.

— Você ainda não sabe o que causou a morte de Lucy? Como todo aquele sangue foi perdido? — Ele perguntou.

Fiz que não com a cabeça e ele continuou:

— Você está achando que os buracos no pescoço das crianças foram causados pela mesma coisa que fez os buracos no pescoço da senhorita Lucy, não é mesmo?

Acenei positivamente com a cabeça.

— Você está errado. Gostaria que fosse verdade, mas é muito pior. Eles foram feitos pela senhorita Lucy!

Capítulo 15

Diário do doutor Seward (continuação)

— Você enlouqueceu? — Eu gritei.

— Bem que eu gostaria — ele respondeu. — É difícil de acreditar, mas hoje à noite provarei isso.

Mais tarde, naquela noite, fomos ao cemitério de Hampstead. Quando chegamos ao mausoléu da família Westenra, Van Helsing abriu a tampa do caixão de Lucy. Estava vazio! Ficamos do lado de fora do mausoléu, pois eu ainda não estava convencido de que ela estava "viva". Foi uma espera longa e fria, mas de repente vi uma coisa branca se mover. O Professor se apressou até ela. Eu fui atrás. Um vulto branco e indistinto se movia na direção do mausoléu da família Westenra. Quando alcancei o Professor, vi que o vulto levava uma pequena criança nos braços.

— Acredita em mim agora? — Ele perguntou.

Acendi um fósforo e olhei para o pescoço da criança. Não havia nenhuma marca, de qualquer tipo.

— Chegamos bem a tempo — disse o Professor, aliviado.

27 de setembro. Às duas horas da tarde, Van Helsing voltou a abrir o caixão e lá estava Lucy. Ela estava linda. Seus lábios estavam mais vermelhos e sua face, rosada. Ele afastou os lábios dela.

— Veja — ele disse. — Os dentes estão mais afiados agora, por causa das crianças. Está convencido agora, John? Ela está morta há uma semana. Os cadáveres não ficam desse jeito. Ela é uma morta-viva. Cortarei a cabeça dela, encherei sua boca de alho e enfiarei uma estaca através de seu corpo.

Van Helsing não executou imediatamente a terrível tarefa porque queria que Arthur soubesse de tudo antes. Ele não gostaria que ele nos culpasse pelas nossas ações mais tarde. Combinamos de nos encontrar com Arthur e Quincey Morris no dia seguinte à noite, no hotel dele.

Carta deixada por Van Helsing no Hotel Berkeley para o doutor John Seward

27 de setembro.

Prezado John,

Estou voltando para o cemitério. Não quero que a morta-viva, a senhorita Lucy, saia hoje à noite. Devo colocar alho e um crucifixo na porta do mausoléu para impedi-la de sair. Mas o "outro" tem o poder de encontrar o túmulo dela. Ele é astuto. Ele já nos enganou quando lutou conosco pela vida da moça e nós perdemos. Então, se ele for lá hoje à noite, vai me encontrar. Deixo esta carta para o caso de algo acontecer comigo. Leia os jornais que acompanham esta carta, o diário de Harker e o restante. Vamos encontrar esse grande morto-vivo, cortar-lhe a cabeça fora e queimar ou enfiar uma estaca em seu coração, para livrar o mundo dele.

Van Helsing

Capítulo 16

Diário do doutor Seward (continuação)

29 de setembro. Ontem à noite, Arthur, Quincey e eu nos encontramos com Van Helsing no quarto dele, no Hotel Berkeley. Falamos sobre os planos do Professor. Arthur foi contra. Decidimos ir até o túmulo de Lucy.

À meia-noite, Van Helsing acendeu uma lamparina e ficamos ao redor do caixão de Lucy.

— John, o corpo da senhorita Lucy estava neste caixão ontem? — Ele me perguntou.

— Estava — respondi.

Abrimos o caixão. Estava vazio.

Então, ele colocou algumas hóstias sagradas em torno do mausoléu.

— Para os mortos-vivos não entrarem — explicou.

Feito isso, nós saímos e nos escondemos. Um pouco depois, o Professor apontou para um vulto branco. À luz da lua, vimos uma mulher loira, debruçada sobre uma criança. A criança deu um grito estridente. Quando a mulher se aproximou de nós, pudemos ver que a doçura de Lucy se transformara em crueldade, e sua pureza, em volúpia. Van Helsing saiu do esconderijo e fez um gesto para o seguirmos. Ficamos lado a lado diante da porta do mausoléu. Ele ergueu a lamparina e vimos o sangue fresco escorrendo da boca dela. Estremecemos de horror.

Ela avançou com os olhos em fogo e jogou a criança no chão, que lá ficou, gemendo. Ela se aproximou de Arthur com os braços abertos, dizendo:

— Venha para mim, Arthur. Meus braços querem você. Venha, meu amor, e poderemos descansar juntos!

Sua voz era doce e Arthur abriu os braços como se estivesse em transe, mas Van Helsing se colocou entre eles, estendendo um crucifixo de ouro. Ela se afastou e, com uma expressão de fúria no rosto, saiu correndo. Van Helsing perguntou:

— Arthur, devo continuar meu trabalho?

— Certamente. Um horror como esse deve ser eliminado.

Van Helsing retirou as hóstias sagradas e Lucy entrou no caixão. Depois, ele recolocou as hóstias.

— Isso é tudo o que podemos fazer até amanhã — disse ele. — Estejam aqui às duas horas.

29 de setembro. Hoje, quando abrimos o caixão, lá estava Lucy.

— É mesmo o corpo de Lucy? — Perguntou Arthur.

— É e não é. Mas vocês a verão como ela era... e como é agora — respondeu Van Helsing.

Ele tirou seu equipamento da bolsa, inclusive uma estaca de madeira de um metro de comprimento com uma extremidade pontiaguda, e disse:

— Antes de começarmos, preciso dizer uma coisa. Quando as pessoas se tornam mortos-vivos, elas não podem morrer. São imortais, e continuam a fazer novas vítimas, porque todos os que morrem devido à mordida de um morto-vivo também se transformam em mortos-vivos. O destino dessa infeliz senhorita só está começando. As crianças cujo sangue ela tomou ainda não estão em perigo, mas, se ela continuar, elas também se transformarão. No entanto, se ela morrer, as crianças voltarão ao normal. Quando essa morta-viva for transformada em uma pessoa morta de verdade, a alma de Lucy estará livre. Assim, a mão que der o golpe para libertá-la também será uma mão abençoada.

Olhamos para Arthur. Ele avançou e disse:

— Diga-me o que fazer e eu o farei.

Van Helsing deu a Arthur a estaca e um martelo e disse-lhe para martelar a estaca através do coração dela. Enquanto Arthur fazia isso, o Professor leu uma oração especial pelos mortos. A criatura no caixão gritou, estremeceu, se contorceu e sangue saiu de seu coração, mas Arthur só parou quando o corpo ficou imóvel. Quando olhamos para o caixão, vimos a Lucy que conhecíamos, com seu rosto doce e puro.

Arthur virou-se para Van Helsing e disse:

— Obrigado! O senhor libertou a alma de minha querida Lucy e me devolveu a paz.

Pedimos que Arthur e Quincey saíssem do mausoléu e serramos a parte de cima da estaca, deixando a ponta no corpo. Em seguida, cortamos a cabeça fora e enchemos a boca de alho. Fechamos o caixão,

pegamos os nossos pertences e saímos. O Professor trancou a porta e entregou a chave a Arthur.

— Meus amigos, o primeiro passo do nosso trabalho está feito. Mas agora ainda temos uma tarefa maior: encontrar o criador de toda essa desgraça e destruí-lo. Será uma tarefa longa e difícil, e haverá perigo e dor. Os senhores me ajudarão?

Um a um, pegamos sua mão e prometemos ajudar.

— Daqui a duas noites nos encontraremos e jantaremos juntos — explicou o Professor. — Chamarei mais duas pessoas que os senhores não conhecem e revelarei meus planos.

Capítulo 17

Diário do doutor Seward (continuação)

Quando chegamos ao hotel, havia um telegrama esperando por Van Helsing.

> **"Estou chegando de trem. Jonathan está em Whitby. Notícias importantes. Mina"**

Fui à estação esperar pela senhora Harker e levei-a para minha casa. À noite, voltei a ler o diário de seu marido e ela copiou os meus escritos com sua máquina de escrever.

30 de setembro. O senhor Harker e sua esposa passaram o dia organizando todos os diários, cartas e outros documentos em ordem cronológica, para esclarecer os acontecimentos. É estranho pensar que Carfax, que fica ao lado do hospício de loucos onde eu moro, talvez seja o esconderijo do Conde!

Diário de Jonathan Harker

29 de setembro. Encontrei-me com o senhor Billington, em Whitby, para me informar sobre os carregamentos enviados pelo Conde. Vi o recibo de "cinquenta caixas de terra comum" e as cartas e instruções do Conde. Também fiz cópias das cartas recebidas e enviadas pelo escritório de advocacia Carter, Paterson & Cia., em Londres.

30 de setembro. Encontrei-me com o chefe da estação King's Cross e vi os registros: o número de caixas era o mesmo. Fui ao escritório Carter, Paterson & Cia. e vi os documentos. Soube que todas as cinquenta caixas que chegaram a Whitby, vindas de Varna no *Dêmetra*, foram levadas à capela de Carfax.

Capítulo 18

Diário do doutor Seward

30 de setembro. Arthur e Quincey chegaram e analisaram os documentos. Mais tarde, fui buscar Van Helsing e lhe entreguei uma cópia de tudo, para que lesse depois do jantar.

Diário de Mina Harker

30 de setembro. Encontramo-nos na biblioteca do doutor Seward. O Professor disse:

— Lemos todos os relatos. Os vampiros são criaturas reais. Esse que está entre nós é forte e astuto. Ele pode, dentro de suas limitações, aparecer quando e onde quiser, e em várias formas. Ele é capaz, em certa medida, de controlar tempestades, nevoeiros, trovões, e criaturas como ratos, morcegos, corujas e lobos. Ele pode mudar de tamanho, desaparecer e reaparecer. É uma tarefa terrível a que estamos prestes a começar. Estão todos comigo nisso?

Nos levantamos e, dando-nos as mãos em círculo, concordamos. Van Helsing continuou:

— Os vampiros precisam do sangue dos vivos, o que os deixa mais jovens. Eles não comem, não fazem sombra nem reflexo e são extremamente fortes. O nosso vampiro pode transformar-se em lobo ou em morcego. Ele pode entrar em aposentos na forma de névoa ou como poeira nos raios do luar. Ele também pode entrar e sair de qualquer lugar. No entanto, ele, assim como todos os vampiros, tem suas limitações. Eles não podem entrar em nenhum lugar se não forem convidados. Seu poder acaba com a luz do dia e eles devem dormir em caixas de terra. Algumas coisas os enfraquecem: alho, um crucifixo ou um ramo de rosas sobre o caixão podem impedi-los de sair. E uma estaca em seu coração e a cabeça cortada os aniquilam, como vimos no caso de Lucy. Assim, quando descobrirmos onde ele mora, devemos prendê-lo em seu caixão e matá-lo. Agora, vamos à propriedade vizinha ver se as cinquenta caixas ainda estão lá. Se não, devemos encontrar todas elas. E, por fim, madame Mina, seu trabalho está terminado. A senhora é preciosa demais para ser colocada em risco.

Capítulo 19

Diário de Jonathan Harker

1 de outubro, cinco da manhã. Cada um de nós recebeu um crucifixo, uma coroa de flores de alho, um revólver, uma faca, uma lamparina elétrica e um envelope contendo hóstias sagradas. O doutor Seward abriu a porta de Carfax com uma chave-mestra.

Van Helsing pegou as chaves na mesa do salão e disse:

— Você copiou a planta da propriedade, Jonathan. Leve-nos à capela.

O Professor abriu a pequena porta de carvalho. Sentimos um cheiro terrível, uma mistura de ar velho, sangue fresco e terra.

— Contem as caixas — Van Helsing instruiu.

Havia apenas vinte e nove caixas! Enquanto procurávamos as demais, vi Quincey se afastar rapidamente de um canto. Havia um vulto fosforescente, brilhando como estrelas. Em seguida, o lugar todo se encheu de ratos. Arthur, que parecia preparado, correu para a porta e a abriu. Ele soprou um apito de prata e três cães entraram correndo. Com a chegada dos cães, todos os ratos desapareceram.

Percorremos a casa inteira e encontramos um recibo deixado pelo senhor Joseph Smollet, um transportador de Walworth. Partimos ao amanhecer. Van Helsing trancou a porta da frente e guardou a chave em seu bolso.

Quando voltei ao nosso quarto, encontrei Mina dormindo. Ela parecia mais pálida que o normal.

Diário de Mina Harker

1 de outubro. Ontem à noite, depois que os homens saíram, eu estava sem sono. Olhei pela janela e vi uma névoa branca e fraca rastejando sobre a grama. Fui para a cama, mas me levantei para olhar de novo. A neblina estava mais forte, encostada contra a casa, como se subisse a parede para chegar às janelas. Tive um sonho estranho. Eu não conseguia me mexer e o nevoeiro encheu a sala, cobrindo tudo com um ar pesado e frio. A névoa se transformou em uma coluna e no brilho vermelho da lamparina a gás, na parede, era possível ver dois olhos vermelhos. A última coisa que me lembro foi de um rosto branco se debruçando sobre mim.

Capítulo 20

Diário de Jonathan Harker

1 de outubro, à noite. Fiz uma visita a Joseph Smollet, em Walworth.

Ele se lembrou de ter ido a Carfax e de ter transportado as caixas que faltavam. O homem disse que seis caixas foram deixadas na Alameda Chicksand, número 197, no vilarejo de Mile End, e outras seis foram entregues na Alameda Jamaica, no distrito de Bermondsey. Ele vai procurar saber onde estão as demais. Mina está dormindo um sono pesado e parece muito pálida. Imagino que ela esteja preocupada.

2 de outubro, à noite. Hoje de manhã, Smollet me contou que um tal senhor Bloxam levou nove caixas à Rua Piccadilly, em Londres. Ele descreveu a casa. Fui à Rua Piccadilly e foi fácil encontrar o imóvel. Depois de muita pesquisa, acabei descobrindo que um nobre estrangeiro chamado Conde de Ville era o dono da propriedade da Rua Piccadilly, número 374.

Capítulo 21

Diário do doutor Seward

3 de outubro. Ontem à noite, um doente mental que vivia no hospício sofreu um acidente. Seu nome era Renfield. O crânio de Renfield foi fraturado e as costelas, quebradas. Quando Van Helsing chegou, ele aliviou a pressão no cérebro de Renfield, na esperança de o paciente conseguir falar. Arthur e Quincey também chegaram.

Os olhos de Renfield se abriram e ele disse:

— Tive um sonho terrível.

Van Helsing disse em um tom calmo e sério:

— Conte-nos o seu sonho, senhor Renfield.

— Não — disse Renfield. — Não foi um sonho. Foi terrivelmente real — ele fez uma pausa e prosseguiu. — Ele chegou à janela na forma de uma névoa, como sempre faz. Na primeira vez que ele ficou sólido, seus olhos brilhavam de raiva. Ele ria com sua boca vermelha e seus dentes brancos e afiados. Ele me fez promessas e eu o convidei para entrar. Ele entrou deslizando pelas rachaduras da janela. Mas hoje ele não ficou comigo. Ele foi atrás de outra pessoa. Eu fiquei com raiva, porque eu queria que ele ficasse comigo. Agarrei com força a névoa, mas seus olhos me queimaram e abri as mãos. Ele me levantou e me jogou no chão e a névoa deslizou por debaixo da porta.

— São péssimas notícias — disse Van Helsing. — Mas ainda pode não ser tarde demais. Vamos avisar Jonathan e Mina! Precisamos de toda ajuda que pudermos encontrar. Não há tempo a perder!

Van Helsing girou a maçaneta da porta da casa de Jonathan e Mina Harker. A porta não abriu. Nós nos jogamos contra a porta e a arrombamos com um estrondo. A luz da lua brilhava pela janela, iluminando uma cena terrível diante de nossos olhos.

Jonathan estava deitado e Mina estava ajoelhada ao lado da cama. Um vulto negro estava a seu lado. Era o Conde. Ele segurava

o rosto dela contra seu peito. A camisola branca de Mina estava coberta de sangue.

Quando entramos correndo na sala, os olhos do Conde ficaram vermelhos e ele mostrou seus dentes afiados e brancos, como os de um animal. O vampiro jogou Mina para trás e pulou em nossa direção. Van Helsing ergueu o envelope de hóstias sagradas. O Conde parou e se afastou. Levantamos nossos crucifixos e avançamos na direção dele. A lua se escondeu atrás de uma nuvem e, quando Quincey acendeu a lamparina a gás, vimos uma leve névoa deslizando por debaixo da porta.

Arthur e Quincey saíram para procurar o Conde. Quando Arthur voltou, ele disse:

— Não consegui encontrá-lo em lugar algum. E ele destruiu os manuscritos e gravações do fonógrafo.

— Por sorte temos uma cópia no cofre! — eu interrompi.

— Não vi sinal dele no andar de baixo — Arthur continuou —, então fui ao quarto de Renfield. O pobre homem está morto. E você, Quincey?

— Fui para fora e vi um morcego saindo pela janela de Renfield e voando para o oeste. Eu esperava vê-lo entrar em Carfax, mas ele obviamente foi para outro esconderijo. O céu já está vermelho no leste.

Van Helsing falava com Mina.

— O Conde entrou no quarto — ela contou. — Ele disse que mataria Jonathan se eu não ficasse quieta e chupou meu sangue. Ele estava furioso comigo, porque estou ajudando vocês. Para me punir, ele me obrigou a beber o sangue que fluía de um corte que ele fez no peito.

Capítulo 22

Diário de Jonathan Harker

3 de outubro. Encontramo-nos às seis e meia da manhã. Van Helsing tinha um plano. Ele queria que achássemos todas as caixas do Conde e as esterilizássemos com hóstias sagradas. Assim, o Conde não poderia usá-las.

Antes de sair, Van Helsing colocou alguns objetos no quarto de Mina para impedir que Drácula entrasse. Depois, ele colocou uma hóstia na testa dela para protegê-la. A hóstia queimou Mina assim que tocou sua pele e ela soltou um grito terrível.

Saí com o coração aflito. Primeiro, fomos a Carfax e esterilizamos as caixas que estavam lá. Em seguida, decidimos ir para a casa da Rua Piccadilly. Fomos de trem ao centro de Londres e contratamos um chaveiro que nos ajudou a entrar. O cheiro lá dentro era terrível. Encontramos oito caixas na sala de jantar e colocamos uma hóstia sagrada em cada uma.

No entanto, ainda havia uma caixa faltando e, para concluir nosso trabalho, precisávamos encontrá-la. O resto da casa estava vazio. Em uma mesa, havia documentos das casas de Piccadilly, Bermondsey e Mile End, além de algumas chaves. Arthur e Quincey pegaram as chaves e saíram para esterilizar as caixas de Bermondsey e Mile End. Os dois médicos e eu esperamos que eles voltassem... ou que o Conde chegasse.

Capítulo 23

Diário do doutor Seward

3 de outubro. Um menino trouxe um telegrama que dizia: "12h45. Fiquem atentos ao D. Ele saiu de Carfax e foi para o sul. Mina".

Logo depois, Arthur e Quincey chegaram. Eles tinham esterilizado as outras caixas.

— Ele estará aqui em breve — disse Van Helsing. — Preparem-se.

Estávamos todos em posição quando ouvimos a chave girar na fechadura. Mas o Conde também estava preparado. Ele saltou até o quarto, passando por nós antes que pudéssemos nos mover. Harker bloqueou a outra porta e tentou atingir o coração do Conde com seu facão, mas ele era rápido demais. A faca cortou seu casaco e notas e moedas de ouro caíram no chão. Eu me aproximei, com o crucifixo e a hóstia na mão, ao ver o monstro se afastar. Os outros fizeram o mesmo, mas o Conde passou por baixo do facão antes que Harker pudesse atacá-lo. Ele pegou algum dinheiro do chão, cruzou a sala e saltou pela janela.

Corremos para a janela e o vimos subir os degraus e cruzar o jardim. Ele abriu a porta do estábulo e se virou, dizendo:

— Vocês acham que podem me vencer! Vocês todos vão se arrepender disso! Vocês acham que eu não tenho onde descansar, mas eu tenho. Suas mulheres já são minhas e em breve vocês também serão meus!

Ele entrou no estábulo, trancando a porta atrás de si.

Fomos para o salão e o Professor disse:

— Ele nos teme, e teme o tempo. Por que ele estava com tanta pressa? Por que pegou o dinheiro? Vão atrás dele, rápido! Eu ficarei para ele não poder usar nada do que está aqui caso decida voltar.

O Professor colocou o resto do dinheiro e os documentos das propriedades nos bolsos. Arthur e Quincey voltaram em pouco tempo. Eles não encontraram qualquer sinal de Drácula. O sol já estava para nascer e, com tristeza no coração, voltamos à minha casa, onde a senhora Harker nos esperava.

A noite, depois do jantar, o Professor preparou o quarto de Jonathan e Mina para impedir a entrada do Vampiro.

Diário de Jonathan Harker

4 de outubro, de manhã cedo. Mina me acordou, dizendo:

– Chame o Professor. Ele deve me hipnotizar antes do amanhecer. Acho que conseguirei falar livremente se ele fizer isso.

O Professor chegou e começou a mover as mãos ao redor da cabeça de Mina. Quando ela estava hipnotizada, ele perguntou:

– Onde você está agora?

– Está escuro – ela disse. – Consigo ouvir água do lado de fora.

– Está em um navio? – Ele perguntou.

– Sim! Posso ouvir passos acima de mim e o som de correntes.

– O que está fazendo?

– Estou imóvel como a morte – respondeu Mina. Ela fechou os olhos e o sol nasceu.

– Agora sabemos o que o Conde está pensando. Ele planeja fugir! Devemos ir atrás dele – disse o Professor. – Mas vamos descansar antes. Estamos em segurança, porque entre ele e nós há água, que ele não pode atravessar.

– Mas por que precisamos segui-lo, agora que ele se foi? – perguntou Mina.

– Porque, minha cara madame Mina – respondeu Van Helsing –, ele pode viver por séculos e a senhora é uma mulher mortal. O tempo é importante agora que a senhora leva a marca dele no pescoço.

Capítulo 24

Diário de Mina Harker

5 de outubro, cinco da tarde. Esta é a situação: o Conde está voltando para a Transilvânia de navio. O único navio que partiu para o Mar Negro entre ontem e hoje foi a *Czarina Catarina*. Drácula e sua caixa estão a bordo, a caminho de Varna.

Diário do doutor Seward

5 de outubro. Van Helsing disse:

— Madame Mina está se transformando e precisamos estar preparados. Seu rosto já mostra características de vampiros: dentes afiados e olhos severos. Temo que o Conde consiga ler a mente dela.

Eu concordei.

— Não devemos contar os nossos planos a ela — ele prosseguiu —, para que ela não consiga revelar nada a ele.

Capítulo 25

Diário do doutor Seward

11 de outubro. Ontem, no pôr do sol, Mina disse:

— Sei que me transformarei, como Lucy. Por favor, me prometam que vocês vão enfiar uma estaca em meu coração e cortar minha cabeça fora.

Todos nós pegamos a mão dela e prometemos.

Em seguida, ela disse:

— Quando esse momento chegar, se chegar, ele pode vir rapidamente e sem aviso. Vocês devem agir imediatamente. Quando esse momento chegar, serei inimiga de vocês.

28 de outubro. Partimos da Inglaterra no dia 12, de trem, e chegamos a Varna no dia 15, para esperar a *Czarina Catarina*. Hoje, contudo, recebemos um telegrama dizendo que o navio estava entrando em Galatz, um porto no rio Danúbio. Van Helsing teme que o Conde tenha lido a mente de Mina, tenha ficado sabendo que estamos em Varna e mudando seus planos de viagem para fugir de nós.

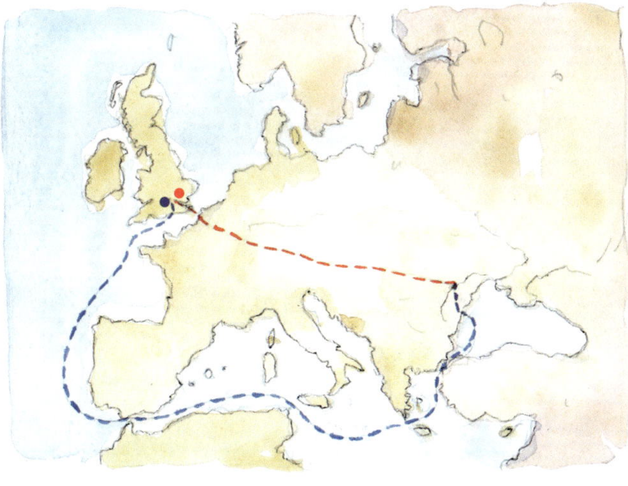

Capítulo 26

Diário de Jonathan Harker

30 de outubro. Fomos ver a *Czarina Catarina*. Descobrimos que a caixa foi entregue a um homem chamado Skinsky. No entanto, enquanto conversávamos, um senhor nos disse que Skinsky estava morto. Sua garganta fora rasgada como se por um animal selvagem!

Mina examinou os mapas e acredita que a caixa esteja sendo levada de barco ao Rio Bistritza, que corre pela Passagem de Borgo, nas proximidades do castelo de Drácula. Decidimos que Arthur e eu desceremos o rio em um barco a vapor veloz, e Quincey e Seward irão a cavalo. Enquanto isso, Van Helsing e Mina viajarão de trem para Veresti e de carruagem para o Castelo de Drácula.

Capítulo 27

Nota de Abraham Van Helsing

4 de novembro. Para John Seward, Purfleet, Londres, para o caso de não nos vermos novamente.

Escrevo aquecido pelo fogo. Está extremamente frio e nevará em breve. Madame Mina dorme o tempo todo. Chegamos ontem à Passagem de Borgo, depois do nascer do sol. Hipnotizei Mina e ela disse:

— Escuridão e água em movimento.

Entramos por uma estradinha. Ao pôr do sol, não consegui mais hipnotizá-la. Acendi um fogo e ela cozinhou alguma coisa para mim, mas ela não estava com fome. Seus olhos brilhantes não paravam de me observar. Quando está dormindo, ela parece cada vez mais saudável. Isso me assusta.

5 de novembro, de manhã. Ontem, acampamos ao pé do despenhadeiro onde fica o castelo. Desenhei um círculo na neve ao redor de madame Mina e espalhei migalhas de hóstia sagrada.

— Venha aqui — eu disse, testando ela.

Ela parou depois de dar um passo.

— Não posso — ela disse.

Começou a nevar e pude ver três vultos de mulher rodopiando na névoa. Eu queria colocar mais lenha na fogueira, mas madame Mina disse:

— Fique dentro do círculo. Aqui estará em segurança.

Os vultos se aproximaram, girando, mas nunca chegaram a entrar no círculo. Em seguida, eles se materializaram nas três mulheres que Jonathan viu no castelo. Elas apontaram para Mina.

— Venha, irmã, venha para nós! — elas disseram, com a voz meiga.

Os olhos de madame Mina se encheram de horror. Fiquei contente, porque isso significa que ela ainda não é uma delas.

Diário do doutor Seward

5 de novembro. Ao amanhecer, vimos alguns ciganos se distanciando do rio com uma grande carroça. A neve cai levemente e os lobos uivam.

Nota do doutor Van Helsing

5 de novembro, tarde. Deixei madame Mina no círculo sagrado e fui para o castelo sozinho. Logo encontrei a antiga capela e vi as três mulheres deitadas, em seu sono de vampiro. Elas eram tão bonitas que quase perdi a cabeça. Passei um tempo olhando para elas, quase paralisado. Mas depois me lembrei de madame Mina e reuni a coragem para fazer meu trabalho.

Abri todos os mausoléus da capela e só encontrei aquelas três fantasmas mortas-vivas. Outro mausoléu, maior, tinha apenas uma palavra escrita:

Drácula

Era o lar do Vampiro-Rei. Espalhei hóstia sagrada sobre o mausoléu para que ele não conseguisse voltar. Então comecei a minha terrível tarefa. As três mulheres guincharam e se contorceram de maneira terrível quando as estacas entraram em seu corpo, mas, quando suas almas foram libertadas, vi felicidade no rosto delas. Após minha faca terminar de cortar as cabeças, os corpos se desfizeram em pó.

Ao voltar ao local onde madame Mina dormia, ela acordou e disse:

— Vamos nos encontrar com meu marido, ele está chegando.

Diário de Mina Harker

6 de novembro. O Professor e eu começamos a caminhar na direção em que eu sabia que encontraria Jonathan. Podíamos ouvir lobos uivando à distância.

Eu estava cansada e o Professor encontrou um lugar protegido sob uma grande rocha e fez uma cama de peles para mim. Ele pegou seus binóculos e olhou o horizonte.

De repente, ele gritou:

– Veja! Madame Mina! Veja!

Vi ciganos a cavalo puxando uma grande carroça. Havia uma grande caixa quadrada e fiquei com medo quando a vi. Enquanto eu olhava, o Professor desenhou um círculo ao nosso redor e espalhou migalhas de hóstia sagrada.

– Pelo menos a senhora estará a salvo dele aqui! – Ele disse. – Eles estão indo rápido para chegar lá antes do pôr do sol.

Então ele gritou de novo:

– Veja! Quincey e Seward estão chegando do sul!

Peguei os binóculos e vi os dois homens. Depois vi Jonathan e Arthur se aproximando rapidamente pelo lado norte. Eu contei ao Professor e ele gritou alegremente:

– Todos vão chegar ao mesmo tempo. Cercaremos os ciganos de todos os lados.

Ele pegou seu revólver Winchester e eu peguei a minha pistola. Pelos binóculos, vi lobos chegando de todas as direções.

Os ciganos e nossos amigos se aproximavam. O Professor e eu esperamos com as armas engatilhadas. De repente, Jonathan e Quincey gritaram:

– Parem!

O líder dos ciganos mandou seus companheiros continuarem. No entanto, os quatro homens levantaram seus rifles e mandaram os ciganos parar. Os ciganos rapidamente cercaram a carroça e apontaram facas e armas de fogo para nós. Jonathan e Quincey estavam decididos a concluir sua tarefa antes de o sol se pôr. Jonathan subiu na carroça em um salto e, com seu facão, começou a tirar a tampa da caixa. Quincey chegou para ajudá-lo pelo outro lado, com a mão segurando uma ferida no abdome. Em pouco tempo, a caixa estava aberta.

Os ciganos se renderam. Nesse momento, o sol já tinha quase desaparecido no alto das montanhas. O Conde estava deitado sobre a terra, os olhos vermelhos brilhando ao ver o sol poente. Havia um ar de triunfo em seus olhos.

O facão de Jonathan brilhou quando cortou a garganta do Conde, enquanto a faca de Quincey mergulhou em seu coração. Com velocidade incrível, o corpo inteiro de Drácula se desfez em pó. E, naquele momento, uma expressão de paz cruzou o rosto do Conde.

Sem dizer uma palavra, os ciganos se afastaram cavalgando, seguidos pelos lobos.

Neste ponto, Quincey Morris caiu no chão, com sangue escorrendo por entre os dedos. Eu e os dois médicos corremos até ele. Ele pegou minha mão e sorriu para mim.

— Estou feliz por ter podido ajudar — disse ele. — Vale a pena morrer por isso.

E, para nossa grande tristeza, ele morreu.

NOTA

Sete anos atrás, nós todos vivemos um inferno. Acreditamos que a felicidade que alguns de nós têm desfrutado desde então vale a dor que sentimos. Eu e Mina ficamos ainda mais felizes que Quincey, nosso filho, faz aniversário no mesmo dia em que Quincey Morris morreu.

No verão deste ano, viajamos à Transilvânia e visitamos alguns lugares repletos de memórias terríveis. Era quase impossível acreditar que aquilo que vimos e ouvimos foi real. O castelo continuava lá, bem acima das montanhas e das florestas desoladas.

Arthur se casou e está feliz. Seward também. Quando tirei todos os relatos do cofre onde foram guardados anos atrás, exceto os cadernos mais recentes e o memorando de Van Helsing, percebi que tudo aquilo não passava de um monte de páginas datilografadas, não eram documentos autênticos que provassem qualquer parte da história.

Van Helsing resumiu:

— Não precisamos de provas e não pedimos que ninguém acredite em nós. Um dia seu garotinho Quincey saberá que tem uma mãe muito corajosa. Ele já conhece a doçura e o carinho da mãe. Depois, ele vai entender por que alguns homens gostavam tanto dela e por que eles arriscaram tudo para salvá-la.

Jonathan Harker

Caderno de atividades

Compreensão

Resolva os exercícios que seguem para verificar o seu grau de compreensão da história de *Drácula*.

1 Leia com atenção as sentenças abaixo, assinalando com um V as verdadeiras e com um F as falsas:

a) O conde Drácula não morreu no final da história. ( )
b) Jonathan Harker ia ajudar o conde Drácula a comprar casas na Inglaterra. ( )
c) Lucy Westenra se transformou em uma vampira. ( )
d) Mina vai para Bucareste quando Jonathan fica hospitalizado. ( )
e) Transformado em um lobo, o conde Drácula desembarca do navio em Whitby. ( )
f) Van Helsing é especialista em doenças obscuras. ( )
g) O doutor Seward morre no final da história. ( )
h) Renfield é um dos assistentes do professor Van Helsing. ( )

2 Para restabelecer a ordem em que os fatos aconteceram na história, numere em ordem crescente as seguintes sentenças:

a) ( ) Os homens encontram as caixas com terra do conde Drácula em suas casas de Londres.
b) ( ) O doutor Seward convida o professor Van Helsing a ir para Londres a fim de ajudá-lo.
c) ( ) O Dêmetra chega ao porto de Whitby.
d) ( ) O conde Drácula começa a sugar o sangue de Mina Harker.

e) ( ) Van Helsing e os outros homens observam Lucy no cemitério.
f) ( ) Lucy começa a perder sangue regularmente.
g) ( ) Jonathan Harker é recebido por Drácula em seu castelo na Transilvânia.

3 Van Helsing nos conta muitas coisas sobre vampiros. Recorde o que ele disse e responda as questões.

a) Quais são os poderes de um vampiro?

____

____

____

b) Quais são as limitações de um vampiro?

____

____

____

c) Como os vampiros podem ser aniquilados?

____

____

____

4 Assinale a alternativa correta:

a) ( ) O conde Drácula tem um castelo em Budapeste, na Hungria.
b) ( ) Graças à ação de Van Helsing, Lucy não se transforma em vampira.
c) ( ) Ao fim da história, Van Helsing exterminou cinco vampiros.
d) ( ) Sete vampiras atormentam Jonathan no castelo de Drácula.
e) ( ) Os ciganos se aliam a Van Helsing e Jonathan Harker para matar Drácula.

5 Quando e onde o conde Drácula aparece nas seguintes formas:

a) Como um grande morcego.

____

b) Como uma névoa branca.

____

c) Como um cão enorme.

____

Personagens

1 Complete as sentenças com as expressões que estão no box:

especialista em vampiros	médico e amigo
freira e enfermeira	jovem advogado
transportador	

a) Joseph Smollet é um ______________ contratado por Drácula.
b) O professor Van Helsing é um ______________________ .
c) A irmã Ághata é uma ______________________ do hospital em Budapeste.
d) Jonathan Harker é um ______________________ de Londres.
e) O doutor Seward é ________________ de Arthur Goldaming.

2 Preencha a lacuna com o nome da personagem descrita:

a) O homem que manda Jonathan Harker para a Transilvânia.

____

b) O amigo norte-americano de Arthur Holmwood.

____

c) O paciente do hospício que deixa Drácula entrar.

____

d) O transportador de Walworth que cuidou das caixas de Drácula.

____

e) Médico que cuida de Lucy e chama o professor Van Helsing para ajudá-lo.

____

3 Quem diz as frases que seguem? Para quem elas são ditas e em que situação?

a) "O senhor pode ir para onde quiser no castelo, exceto onde as portas estiverem trancadas."
Quem? ______________________________________
Para quem? __________________________________
Situação: ____________________________________
____

b) "Os olhos vermelhos... São exatamente assim..."
Quem? ______________________________________
Para quem? __________________________________
Situação: ____________________________________
____

c) "Não tire os olhos dela. Você não deve dormir a noite toda. Volto assim que possível."
Quem? ______________________________________
Para quem? __________________________________
Situação: ____________________________________
____

d) "Os cadáveres não ficam desse jeito. Ela é uma morta-viva."
Quem? ______________________________
Para quem? ______________________________
Situação: ______________________________
____

e) "Vocês acham que eu não tenho onde descansar, mas eu tenho. Suas mulheres já são minhas e em breve vocês também serão meus!"
Quem? ______________________________
Para quem? ______________________________
Situação: ______________________________
____

f) "Sei que me transformarei, como Lucy. Por favor, me prometam que vocês vão enfiar uma estaca em meu coração e cortar minha cabeça fora."
Quem? ______________________________
Para quem? ______________________________
Situação: ______________________________
____

4 Escreva um parágrafo descrevendo a aparência do conde Drácula.

____
____
____
____
____
____
____
____
____
____
____

5 De quais dos personagens principais do livro você gostou mais e de qual gostou menos? Explique resumidamente seus motivos.

____
____
____
____
____
____
____
____

Tema e narração

Os exercícios que seguem visam a ajudá-lo na compreensão dos assuntos de que o livro trata.

1 Leia com atenção as três afirmações a seguir:

I. As mulheres não têm um papel destacado na narrativa e nenhuma das personagens femininas pode ser considerada protagonista.
II. O autor enfatiza a importância da mulher na sociedade, apresentando personagens femininas marcantes na trama, como Lucy e Mina.
III. A força de caráter de Mina é particularmente ilustrada quando ela afirma ter consciência de que se transformará como Lucy e não exita em pedir que enfiem uma estaca em seu coração.

Agora, assinale com um X a alternativa correta:

a) ( ) As três afirmativas são verdadeiras.
b) ( ) As três afirmativas são falsas.
c) ( ) As afirmativas I e II são verdadeiras.
d) ( ) As afirmativas II e III são verdadeiras.
e) ( ) As afirmativas I e III são verdadeiras.

2 O vampiro é um personagem lendário ou mitológico. Certamente, ele tem um caráter simbólico, isto é, mesmo não sendo real, ele representa algo que existe na realidade. O que você acha que o vampiro pode representar?

____

____

____

____

____

3 Assinale a alternativa *incorreta*:

a) ( ) Entre os episódios que permitem considerar Drácula um romance de terror, podem-se destacar a passagem de Jonathan Harker no castelo do vampiro e o trecho em que Van Helsing e Arthur matam Lucy.

b) ( ) O romance tem também aspectos aventurescos, quando é narrada a luta dos protagonistas contra Drácula, a perseguição e a eliminação do vampiro.

c) ( ) O relacionamento de amor entre Jonathan e Mina, bem como a amizade que une aqueles que lutam contra Drácula é um contraponto aos aspectos aterrorizantes e macabros que o romance apresenta.

d) ( ) O romance não tem nenhuma preocupação com o realismo, pois o autor sabe que as pessoas não acreditam em vampiros e entenderão que sua narrativa é exclusivamente simbólica.

e) ( ) A participação da mulher na sociedade se reflete no texto não só na participação de Lucy e Mina, mas também das três vampiras que vivem no castelo de Drácula.

4 Entre os personagens que enfrentam Drácula, quais são os que mais se destacam no livro? Por quê?

____

____

5 Pense a respeito da estrutura do livro e responda as questões.

a) *Drácula* é um romance epistolar. Que tipo de textos são usados para contar a história?

b) Que personagem (ou personagens) reúne todo esse material para organizar e esclarecer os fatos?

c) Pode-se afirmar que *Drácula* é um romance com múltiplos narradores-personagens? Por quê?

d) Você acha que esse modo de narrar uma história a torna mais realista? Por quê?

Atividade em grupo

Vampiros são criaturas mitológicas que estão presentes no folclore de diferentes culturas. Bram Stoker trouxe o personagem para o mundo moderno. Drácula e os vampiros se tornaram um sucesso e não só na literatura, mas também no cinema e, mais recentemente, em seriados de TV. Trabalhando em grupo, desenvolva e redija uma revista que tenha como tema os vampiros. Produza reportagens focalizando os seguintes assuntos:

a) As adaptações de Drácula para o cinema e a TV.
b) Outros vampiros que fizeram sucesso no cinema e na TV.
c) Vlad III da Valáquia, personagem histórico em que Bram Stoker se baseou para criar Drácula.
d) O que explica o permanente interesse que a figura do vampiro desperta, desde a época da publicação do livro (1897) até hoje.
e) Outras criaturas monstruosas que também se consagraram na literatura, no cinema e na TV: lobisomens, múmias, fantasmas, Frankenstein, etc.

Ilustre os textos com imagens extraídas de livros e da internet, bem como com desenhos seus ou de algum(ns) colega(s).

Redação

Observe a imagem. Imagine que você é uma dessas pessoas na praia, contemplando o Dêmetra. Escreva uma carta para um amigo contando o que você viu ali e o que aquilo podia significar para você e para sua cidade.